PHYSIOLOGIE

DE

L'OMNIBUS.

BASTILLE
OMNIBUS
15

PHYSIOLOGIE

DE

L'OMNIBUS,

PAR

M. EDOUARD GOURDON.

PARIS.

RRY, ÉDITEUR, Palais-
oyal, Galerie de Valois,
185.

CHEZ LES PRINCIPAUX LIBRAIRES
de Paris, et dans tous les
bureaux d'omnibus.

MEULAN. — IMPRIMERIE DE A. HIARD.

Deux Mots.

Quelques personnes, aujourd'hui, jugent du plus ou moins grand mérite d'un livre d'après le nombre plus ou moins grand d'*illustrations* que renferme ce livre.

Nous tenons ces personnes pour fort peu illustres et nous ne rechercherons pas leurs louanges.

Nous ne comprenons les vignettes sur acier ou sur bois que dans l'in-8°.

— Là seulement, elles peuvent enrichir le texte sans léser le lecteur.

Le succès de la *Physiologie du bois de Boulogne* et de quelques autres in-32 *non-illustrés*, nous prouve clairement que ce déluge de vignettes ne peut rien sur les hommes de goût.

Voici un nouveau petit volume de l'auteur de la *Physiologie du bois de Boulogne* : nous le donnons avec confiance, on le lira avec plaisir.

L'Éditeur.

I.

LES BUREAUX D'ATTENTE
ET DE
CORRESPONDANCE.

Meulan, imp.
de A. Hiard.

Le Buraliste. — Portraits. — Un Drame. — Le Buraliste au moral. — M. Chiendent. — Aspect des bureaux. — La Famille du directeur. — Les Bureaux le dimanche.

LES BUREAUX

D'ATTENTE ET DE CORRESPONDANCE,

—

Est-il rien de plus pittoresque, de plus bizarre et de plus intéressant à la fois qu'un bureau d'omnibus? Quelles scènes bouffonnes ce mot seul, cher lecteur, ne rappelle-t-il pas à votre souvenir : *omnibus*! N'avez-vous pas, dans un pli de votre cerveau, cent histoires drôlatiques que vous pourriez me dire, cent silhouettes originales, gracieuses ou sévères, qu'il vous serait facile de peindre, si vous connaissiez la peinture, et qui vous font souvent rêver quand vous ne dormez pas?

Que vous n'ayez pas autant d'amour que moi pour ce véhicule, cela me paraît difficile; et je vous engage à ne pas me l'avouer pour peu que vous teniez à mon estime.

Trois choses m'ont toujours frappé, à mon arrivée dans un bureau de correspondance : La couleur de l'habit du buraliste, la couleur de la tapisserie et celle de l'étoffe recouvrant les banquettes quand quelque chose les recouvrait. Vu à l'œil nu, un bureau d'omnibus est la chose la plus drôle du monde; j'ose affirmer qu'à l'aide d'une forte loupe on y découvrirait un peuple tout nouveau, plein de vie, d'intérêt et surtout fort piquant.

—

LE BURALISTE.

—

Le buraliste est, d'ordinaire, un pauvre diable qui, par orgueil, a échangé sa profession d'ouvrier contre celle qu'il remplit aujourd'hui. Autrefois, il gagnait cinq ou six francs par jour, maintenant seize heures d'esclavage lui rapportent deux francs cinquante centimes. Mais il est *Directeur* de quelque chose, et c'est là sa grande joie. Il a un bureau, un fauteuil quelquefois, un grillage orné d'un rideau verdâtre, et douze degrés Réaumur au-desous de zéro dans les beaux jours d'hiver. Toute sa direction s'étend sur trois mètres plus ou moins carrés d'emplacement, où trônent deux banquettes, les seuls meubles de la boutique; il a aussi le droit de siffler deux cents fois par jour pour arrêter l'omnibus qui passe, de distribuer à tout réclamant un carton sale et numéroté, et celui, non moins incontestable, de battre de la semelle contre le mur pour se réchauffer la plante des pieds.

Pour remplir dignement ces fonctions, le Buraliste, homme grave, car il a rarement moins de quarante printemps, a senti le besoin de déployer un grand luxe de toilette; aussi s'est-il affublé du pantalon cannelle et de la longue redingote vert pomme, que vous lui connaissez. C'est là sa tenue d'hiver. En été, il porte l'habit noir, ce même habit excentrique et rétrograde, à large collet, larges basques et larges revers, qui, naguère, ne voyait le jour que quatre ou cinq fois par mois, suivant le commandement :

Les dimanches et fêtes *sortiras*
Habit et culottes pareillement;
Et le soir tu les quitteras
Pour les remettre mêmement

Hélas ! je vous le demande , n'était-il pas plus heureux quand, après sa journée de travail , il pouvait user de sa liberté comme bon lui semblait? Avec quelles délices il mettait alors cet habit noir, ce pauvre habit noir, qui ne s'est pas fait à lui, mais auquel il s'est fait à la longue ! et sa femme , et ses enfants qu'il voit à peine , et ses amis qu'il ne voit plus..... Qu'importe ? Il est employé, il est *Directeur* ; il a monté un échelon, dit-il, il a fait un grand pas.... vers la misère.

Si, pendant la semaine , il n'a pas un seul instant de repos , en revanche , le dimanche, il ne sait où donner de la tête. La foule est grande dans le bureau. Le Directeur est accablé de questions auxquelles il peut à peine répondre. On lui demande à la fois la voiture des Batignolles et celle des Gobelins , la correspondance de Charenton et celle de l'arc de l'Etoile. Tout le monde n'est pas poli ; quelques personnes répandent leur mauvaise humeur sur le buraliste qui la décharge lui-même avec rage , dans le creux de son sifflet qu'il fait gémir horriblement lorsque paraît la voiture.

J'ai parlé tout à l'heure de la singularité des couleurs de la tapisserie et de la garniture des banquettes, je dois ajouter que, malgré de nombreuses recherches faites sur les lieux , il m'est impossible de donner plus de clarté à ma phrase. A hauteur de la tête, les dessins de la tapisserie ont acquis un velouté et un luisant que nul coloriste ne saurait rendre ; quant au velouté et au luisant des tentures des banquettes on ne sait ce qu'ils sont devenus.

Avez-vous remarqué que le pupitre du buraliste est toujours encombré d'une foule d'objets problématiques, superposés en colonnes, placés sous verre ou conservés dans des flacons ? C'est le menu commerce de l'ex-ouvrier ; il prélève sur la vente de ces articles, mis en dépôt *chez lui*, un droit général de vingt-cinq pour cent, ce qui lui constitue une rente de vingt-cinq bonnes livres, car il lui arrive bien rarement de vendre pour plus de cent francs dans une année.

Le catalogue de sa librairie et de ses denrées est des plus curieux. On lit sur les quatre murs :

TOUT PARIS

Pour cinq sous !

L'ART

D'ÉLEVER LES LAPINS

Et de s'en faire 3,000 *fr. de revenu.*

(Prix, dix sous.)

L'ART

De faire à son gré des garçons ou des filles.

CHOCOLAT DE SANTÉ.

A 24 sous le demi-kilo.

TAFFETAS GOMMÉ

Pour les Cors, Ognons, Durillons, etc.

LE TRIPLE LIÉGEOIS,

Édition de luxe.

EAU DE COLOGNE

A 50 cent. le rouleau.

IDA,

Par le vicomte d'Arlincourt.

Et une infinité d'autres chefs-d'œuvre et d'autres drogues non moins indigestes.

PORTRAITS.

Que si, à votre arrivée dans un bureau de correspondance, vous jetez les yeux sur les personnages qui vous entourent, j'ose vous promettre, pour peu que vous ayez la bosse de l'observation, une galerie de portraits que vous chercheriez vainement autre part et des charges qui danseront longtemps dans votre esprit. Ici, ce n'est ni la bruyante monotonie des cafés et des estaminets où l'on se réunit pour causer, fumer, boire de la bière et jouer au billard, ni la joie de l'établissement du marchand de vins, ni le luxe d'un théâtre ou d'une salle de concert. Non, tous ces gens que vous voyez là, assis sur ces maigres banquettes, silencieux, immobiles et se regardant avec inquiétude, ne se sont donné rendez-vous que pour faire en commun une pénitence longue et pénible, on serait tenté de le croire du moins, si, parfois, quelques uns de ces mots qui ne sont d'aucun dictionnaire ne venaient rompre brusquement le silence et l'austérité apparente de ce lieu de macérations publiques.

Sur la rive gauche de la Seine, entre le pont Saint-Michel et la rue Saint-Jacques, il est un bureau d'omnibus-modèle que j'ai souvent étudié, et que j'espère étudier longtemps encore. Le buraliste est un homme de cinquante ans environ, sa figure est réjouie, il cause avec esprit et offre poliment, quand ses occupations le lui permettent, une prise de tabac à son interlocuteur. Voyez-le penché sur ses registres, et parcourant avec une méticuleuse attention sa comptabilité. Son bureau est encombré : treize personnes attendent. Entrons; le moment est favorable.

Il pleut. Un grand Monsieur collé aux vitres étroites et bigarrées d'annonces du bureau, paraît interroger le temps avec une impatience et une mauvaise humeur concentrées qui se trahissent de temps à autre par des trépignements convulsifs et menacent de déborder. A cet habit noir, étriqué sur les hanches et complètement usé aux coudes, ce pantalon noir, demi-collant, ce gilet de satin frippé, cette cravate blanche douteuse, ces bottes démesurées, ce chapeau gras et pelé et ces gants de filoselle, ne reconnaissez-vous pas un employé, un de ces pauvres diables qui travaillent trente ans de leur vie, et meurent quand le bonheur vient de se montrer à eux sous l'apparence d'une retraite de six, huit ou douze cents francs ?

— Encore trois minutes de supplice, murmure-t-il, en regardant sa montre. Encore dix-sept ans de galères, pense-t-il en froissant les paperasses qu'il a sous le bras.

Eh bien ! le croirez-vous ? ces trois minutes d'attente lui paraissent plus longues que les dix-sept années qui le séparent de sa retraite : c'est que le malheureux est en retard, que le travail presse dans les bureaux, et que ses chefs ont droit de vie et de misère sur lui ! Soyez-en sûr, il consentirait à travailler six mois de plus pour être, en ce moment, en face de ses registres !

— Ane, mon pauvre âne, ne vois-tu rien venir ?

Ainsi peuvent se traduire les regards qui, de toute part, arrivent sur l'employé, pendant que celui-ci interroge avec anxiété les voitures qui se croisent sur le pont Saint-Michel.

— La peste emporte les omnibus !.... Il est dix heures et vingt-trois minutes !

A cette exclamation, le buraliste lève la tête, se mouche bruyamment, savoure une prise de tabac et se remet à ses calculs.

Mais, ô bizarreries humaines ! le malheur de l'un, ici bas, n'est-il pas toujours le bonheur d'un autre? — Non, pas toujours, cette fois le malheur de l'un faisait le bonheur de deux autres.

— Comment, c'est toi !

— Comment, c'est vous !

Ces mots, prononcés à voix basse, partent du coin le plus obscur de la salle. L'omnibus est la providence des amans et l'enfer des maris.

— Pourquoi me dis-tu *vous* ?

— Pourquoi me dites-vous *toi* ?

— Méchante !... Comment va le bonhomme ?

— Beaucoup mieux, il est mort.

— Tu plaisantes !

— Oh ! Ernest !

— Pauvre amie !

— Ne me prends pas la main, on nous regarde.

— M'aimes-tu toujours ?

— Taisez-vous, infâme !

— Encore *vous* !

— Et madame Amanda ?...

— Elle est morte.

— Tu plaisantes !

— Ah ! Octavie !

— Tu n'as donc pas oublié mon nom ?

— Ni ton adresse. Où demeures-tu ?

— 21 bis, au troisième, la porte à gauche.

— Ah ! bien, j'y suis ! faut-il toujours toucher le bouton avant d'entrer ?

— Oui, légèrement, j'ai des voisins. Et toi ?

— J'en ai aussi.

— Ce n'est pas ce que je te demande. Où demeures-tu ?

— Là bas, toujours au cinquième, tu sais ?

— A quelle heure es-tu chez toi ?

— Jamais, mes maudits créanciers....

— Tu perches ?... pauvre ami, j'irai te voir !

Le buraliste s'est levé précipitamment. Son œil de lynx vient d'apercevoir la voiture au milieu du brouillard et de la pluie.

— Voilà l'omnibus, dit-il.

— Enfin ! ! ! s'exclame l'employé.

UN DRAME.

Chacun s'est levé; en un instant, les banquettes sont désertes. Les voyageurs se pressent aux abords du marche-pied. Le conducteur est descendu, il appelle :

— Numéro un.

L'homme à l'habit noir veut s'élancer dans la voiture, une grosse femme l'arrête par le bras en disant :

— C'est moi, conducteur.

— Votre jeton, Monsieur?

L'employé le donne en promenant un regard indéfinissable dans l'intérieur de l'omnibus presque au complet.

Vous avez numéro six, Monsieur, attendez votre tour.

Pauvre employé !

— Numéro deux.

Un Monsieur décoré que je vous ferai connaître.

— Numéro trois.

Une dame que je ne connais pas.

— Numéro quatre. Appuyez à gauche, Messieurs !

Le jeune et intéressant Ernest que vous connaissez.

— Numéro cinq. Dans le fond, Madame.

Madame Octavie, 21 bis.

L'omnibus est au complet. Le conducteur tire la ficelle. Les chevaux partent....

Quelle scène! Quel drame!

Le bureau d'attente s'est de nouveau rempli de tous ceux qui n'ont pu trouver place dans la voiture, tandis que l'infortuné numéro six reste pétrifié sur l'asphalte que les gouttières inondent. Il ne sent ni la pluie qui le baigne horriblement, ni le vent d'ouest qui joue dans les basques de son habit, ébouriffe ses cheveux et ses papiers, ni la foule qui le coudoie de droite à gauche et de gauche à droite, ni les parapluies qui s'accrochent à lui avec un acharnement inoui... Il ne sent rien de tout cela : Il ne comprend qu'une chose, il ne souffre que d'une douleur, et cette chose et cette douleur sont en lui. Que lui importent les passants, le vent et la pluie? Qu'est-ce donc que cela en présence de cet horrible événement, qu'il n'envisage jamais sans pâlir et trembler, sa destitution ! Sa destitution, comprenez-vous tout ce qu'il y a d'angoisses dans ce mot là, tout ce qu'il y a de remords et de larmes dans cette pensée ? Il eût donné six mois de travail tout à l'heure, pour être à son bureau, maintenant, soyez-en sûr, il donneraitdeux ans.

— Destitué, destitué, murmure-t-il; dix heures et trente-deux minutes ! et l'inspecteur qui doitêtre là bas à dix heures et demie... et ces papiers qui sont abimés par la pluie, perdus...

Tout-à-coup, une idée rayonne sur son front; il ouvre brusquement son habit, colle ses papiers sur sa poitrine, entre la chemise et le gilet, se boutonne jusqu'au menton, jette un regard étrange dans la direction du Pont-Neuf, et rentre vivement dans la salle d'attente, dont il a ouvert la porte avec rage.

— Monsieur, dit-il en s'adressant au buraliste, et en lui jetant au nez le morceau de carton sur lequel se trouve le fatal numéro six, votre administration vole les gens...

Après cela il part, et nous le voyons courir à toutes jambes sur le milieu de la chaussée, éclaboussant tout le monde, renversant les enfants, et poursuivi par une demi-douzaine de chiens, qui semblent l'exciter de leurs aboiements.

LE BURALISTE AU MORAL.

S'il est une vertu indispensable à un directeur de bureau d'omnibus, à coup sûr, c'est la patience. Il doit entendre sans s'en fâcher, et surtout sans y répondre, tout ce que la colère du public peut lui jeter de disgracieux, voire même d'offensant. La tâche est rude, et j'avoue que quelquefois il faut à messieurs les buralistes une furieuse dose de sang-froid. Cependant, il en est peu qui faillissent, la raison en est simple : l'administration recueille chaque jour, par l'entremise d'agens secrets, espèces de mouchards décorés du nom plus honorable de Surveillants, des notes sur tous les employés; et celui d'entre eux qui a été surpris discutant un peu chaudement avec un voyageur est renvoyé immédiatement. Qu'on ne s'y trompe pas, toutefois, si un bureau d'omnibus est un entrepôt inépuisable de patience, de force d'âme, de cirage et de chocolat, c'est aussi, bien souvent, un réservoir secret de petites passions et de malveillance. Froissé sans cesse dans son amour-propre (à l'état d'embryon, on dit que le buraliste est un homme comme nous), le directeur éprouve sans cesse le besoin de se venger de la société, et de verser sur quelqu'un, fut-ce sur un chien, son fiel et sa mauvaise humeur. Il s'en acquitte à merveille, je vous assure, et voici comment :

Nous sommes dans un bureau quelconque, rue Saint-Honoré, par exemple.

Une jeune provinciale.

Monsieur, voudriez-vous m'indiquer la voiture des Batignolles?

Le Buraliste.

Ce n'est pas ici, mademoiselle, prenez la rue à

droite, suivez le quai à gauche, et passez la Seine par le Pont-Neuf; le bureau est au bout.

Un voyageur, portant un sac de nuit et une valise.

La Sorbonne, monsieur?

Le Buraliste.

Traversez le Palais-Royal, suivez la rue Vivienne, et tournez à gauche sur le boulevart.

Un Anglais.

Le Musée chinois et japonais?

Le Buraliste.

C'est à deux pas, *milord*, descendez la rue Saint-Honoré, là, le faubourg du Roule, et vous y êtes

Une vieille dame, chargée d'un cierge et d'un livre d'heures.

Suis-je bien loin de l'église Saint-Roch, monsieur?

Le Buraliste.

Non, madame, rue du Hasard, 11... Prenez à droite, et suivez bien le trottoir, les voitures sont dangereuses!

Comprenez-vous?

M. CHIENDENT.

J'ai encore là, devant les yeux, une scène trop bizarre pour que je ne la fasse pas passer sous les vôtres.

Un buraliste, excellent homme, attaché à l'administration des *Hirondelles* depuis plusieurs années, eut un jour la singulière idée de dresser une liste fidèle de toutes les épithètes plus ou moins injurieuses que seize heures de direction allaient lui amener. C'était un dimanche, vous comprenez que la moisson fut abondante ; la métaphore n'avait pas été épargnée ; tant de gens connaissent la rhétorique sans avoir jamais étudié la grammaire ! A dix heures, le chiffre des adjectifs *qualificatifs* s'élevait à cent vingt-sept, et celui des substantifs *figurés* à deux cent cinquante-neuf; total : trois cent quatre-vingt-six. A deux heures, le total était de six cent quarante-deux; à cinq heures de douze cent vingt-cinq! Il est vrai de dire que quelques unes de ces épithètes, telles que : sot, animal, imbécile, et quelques autres, que je n'ose vous dire, mais que vous pouvez deviner, avaient été si généreusement prodiguées qu'elles se trouvaient reproduites plus de cent fois; celle d'imbécile, par exemple, atteignait le chiffre énorme de trois cent soixante-douze! La patience du directeur était grande, il avait tout accepté avec un stoïcisme et un sang-froid dignes d'une meilleure cause. Il venait de déposer sa plume, quand un monsieur décoré se précipita dans le bureau.

J'aurais pu vous montrer ce personnage dépouillé de son ruban rouge, mais j'aime la fidélité dans un récit, surtout quand je fais de l'histoire.

— Drôle! crétin! animal! hurla ce monsieur, il y a trois quarts d'heures que je cherche la correspondance, votre chienne de voiture m'a abandonné Place Dauphine...

— Où allez-vous, monsieur? demanda avec politesse le directeur.

— Place de l'Observatoire, sacrebleu!

Le buraliste remit à l'arrivant la petite carte ronde que vous connaissez, et poursuivit paisiblement sa liste.

Mais ce ne fut là que la première partie de la

scène, l'omnibus n'arrivait pas ; la colère du voyageur atteignit promptement son paroxisme, et ce fut alors une telle profusion d'insultes et de menaces que, malgré sa patience et l'agilité de ses doigts, le buraliste se vit obligé de renoncer à son singulier travail. Il posa sa plume et se mit à considérer paisiblement notre homme, qui bondissait et se démenait avec une fureur vraiment excentrique. Après un moment d'attention, le buraliste se leva tout-à-coup, s'avança, et laissant tomber lourdement sa main sur l'épaule du monsieur décoré :

— N'êtes-vous pas monsieur Chiendent ? lui demanda-t-il avec calme.

Je vois encore l'effet qui suivit ces paroles, il fut prompt comme la foudre : notre homme ne cria plus, ne gesticula plus, ne menaça plus, il demeura sans voix et sans mouvement, les bras pendants et la figure bouleversée.

— Oui, monsieur, répondit-il enfin.

Ce n'était plus le même homme.

— Eh bien ! moi, monsieur, je suis Dubois, l'ancien menuisier, Dubois à qui vous devez cent quatre-vingts francs depuis dix ans. Donnez-moi mes cent quatre-vingts francs !...

Et il secouait rudement monsieur Chiendent, dont la figure était devenue d'une *égale blancheur*.

— Eh bien ! monsieur, vous ne répondez pas ?

— Laissez-moi... plus tard... je n'ai pas d'argent.

— Ah! vous êtes un impudent polisson, monsieur !

— Monsieur !

— Vous êtes un banqueroutier !

— Monsieur !

— Et, de plus, vous êtes un lâche! Tenez, je vais vous donner l'acquit de mon compte.

L'omnibus était arrivé ; monsieur Dubois saisit son insolent débiteur par une oreille, et le conduisit, malgré ses efforts et sa rage, jusqu'au marchepied de la voiture, et il lui dit :

— Nous sommes quittes, monsieur !

Et l'omnibus partit pour la barrière d'Enfer.

Ce fut un jour exceptionnel dans la vie de monsieur Chiendent : il avait payé une de ses dettes, et celles de beaucoup de gens qu'il ne connaissait pas.

—

ASPECT DES BUREAUX.

—

L'aspect des bureaux de correspondance est à peu près le même dans les douze arrondissements de Paris ; cependant, quelques uns jouissent d'un éclat tout-à-fait fabuleux pour les autres : ce sont les correspondances des boulevarts, quelques unes de la Chaussée-d'Antin et du quartier des Tuileries. Vous verrez bien, là aussi, les banquettes et les tapisseries dont je vous ai déjà parlé, mais au-dessus de ces banquettes, accrochés à la tapisserie, vous trouverez en plus une petite glace dans laquelle vous pourrez vous mirer gratuitement de la tête au menton, quelques portraits historiques, lithographiés et mis sous verre, ce qui ne les empêchera pas de vous agacer les nerfs pour peu que vous ayez quelques notions de dessin.

L'échantillon du portrait à 25 fr., ressemblance garantie, a aussi élu domicile dans quelques bureaux d'omnibus. Le directeur est chargé de donner l'adresse du Raphaël moderne, qui reconnaît ses bons services en le gratifiant de 2 fr. 50 cent. par portrait procuré.

Le bureau d'attente a cela de commun avec le corps-de-garde qu'il aime comme lui se chauffer en plein soleil, aussi le voit-on dans les premiers beaux jours du printemps mettre à l'air ses banquettes pour ne les rentrer qu'à l'époque de la canicule. Le pauvre directeur a fait, pendant les mois de dédecembre, janvier, février et mars, une telle provision de froid qu'il ne s'aperçoit de la chaleur que lorsque le thermomètre est à vingt-huit degrés Réaumur. Aujourd'hui, il a moins froid, demain il aura chaud, après-demain la sueur ruissellera sur son corps, il sera à l'état de glace fondante.

Pourtant, n'allez pas croire que l'administration laisse, par économie ou avarice, ses employés manquer totalement du combustible indispensable aux rudes journées de l'hiver; non, cette société, créée dans un but exclusivement philantropique, quelle est la société qui ne se dit pas philantropique? a le cœur trop bien placé pour cela, aussi prodigue-t-elle à chaque buraliste trois kilogrammes et demi de bois, qui devront fumer dans le poêle depuis huit heures du matin jusqu'à minuit, et que le pauvre diable aura soin de recouvrir de cendres de quart-d'heure en quart-d'heure, pour éviter une trop prompte consommation. Malheureusement, les occupations deviennent quelquefois pressantes, le feu s'éteint; et l'employé se voit condamné, non pas à être enterré vif, cette peine serait trop légère, mais à supporter la vie dans un milieu groënlandais. C'est alors qu'il se livre avec fureur à la gymnastique que vous connaissez, gymnastique qui lui donne une souplesse et une force bien remarquables, puisqu'on l'a vu levant du bras gauche, sans chanceler, *Notre-Dame de Paris*, le *Christ devant le siècle*, le *château de Walenstein*, et celui de *ma nièce*.

—

LA FAMILLE DU DIRECTEUR.

Le directeur d'omnibus possède une femme légitime, un chien au moins, légitime aussi, et un enfant au plus. J'ai peut-être tort de dire qu'il les possède, car, si, comme l'assure le poète, voir c'est avoir, il ne les possède pas puisqu'il les voit à peine. Je sais que l'on pourra trouver mon raisonnement quelque peu paradoxal; je dois dire en passant que j'aime assez le paradoxe.

Madame la directrice, son enfant et son chien, arrivent au bureau vers midi; l'un des trois est chargé d'une petite boîte renfermant les provisions de la journée. On cause un instant, l'enfant bouleverse les papiers du pupitre, le chien saute sur la banquette et ronfle. Puis, bientôt arrive un omnibus qui sépare les deux époux. L'entrevue a duré huit ou dix minutes, madame la directrice, son enfant et son chien rentrent à la maison aux frais de l'administration.

Quel supplice pour un mari jaloux ! seize heures de liberté forcée à une femme qui a de beaux yeux et qui le sait, et des voisins qui le savent aussi ! Quel enfer !

On m'a raconté qu'un directeur affligé de cette maladie, et voulant éclairer sa conscience, confia un soir son intérim à un ami, et partit pour Pantin. Une moitié de Paris le séparait de la sienne, aussi n'était il pas moins de dix heures lorsqu'il arriva au toit conjugal —Il y a de la lumière chez ma femme, pense-t-il, elle m'a pourtant dit qu'elle se couchait à neuf heures ! Il monte les escaliers précipitamment, arrive au quatrième étage, ouvre vivement une porte, et s'élance dans l'appartement... Madame était couchée, à côté d'elle reposait paisiblement *Fido*, jeune caniche qui donnait les plus belles espérances; sur la table de nuit se trouvait ouvert, à la troisième gravure, le *Tableau de l'amour conjugal*, charmant ouvrage que madame avait pris la veille sur le bureau de son mari.

Quelle joie ! quelle ivresse ! il y eut des larmes de repentir et des baisers de reproche. Le buraliste ne parut que le lendemain à la correspondance!

A vrai dire, les yeux de madame au lieu d'être noirs et beaux étaient verts et mal fendus. Il est vrai aussi qu'à onze heures, alors que le mari dormait profondément, on gratta à la porte, et que ce bruit ne cessa que lorsque la femme eut toussé par trois fois avec assez de force.

— Tu es bien enrhumée, Bobonne, dit l'employé en s'éveillant à demi, demain je t'apporterai du sucre d'orge.

—

LES BUREAUX LE DIMANCHE.

Le dimanche, les salles d'attente se parent d'une apparence joyeuse qui se reflète jusque sur le directeur. C'est le jour de la foule et de la toilette, c'est aussi, pour l'employé, le jour de la cravate blanche et de la chemise à jabot.

La boutique est nettoyée avec plus de soin, et les bancs sont assez époussetés pour que la robe de soie, et le pantalon blanc puissent s'y appuyer sans crainte.

Dans la semaine, le voyageur, au point de vue de la toilette, diffère essentiellement de bureau à

4.

bureau, et surtout de quartier à quartier. Le voyageur de la Chaussée-d'Antin n'est pas celui du Marais; le voyageur du Faubourg-Saint-Germain n'est pas plus celui de la banlieue que celui de la Cité. Le dimanche, toutes ces différences tendent à s'effacer, et se modifient sensiblement; l'œil exercé de l'observateur peut seul alors distinguer dans la foule les personnages qu'il cherche. La robe de satin, le cachemire et le chapeau de la femme comme il faut sortent souvent des magasins où la Lorette va s'approvisonner; l'une et l'autre ont souvent la même tailleuse et le même bijoutier. Chevreuil habille des hommes du monde et des commis-négociants, Gibus coiffe des hommes de lettres et des banquiers, Sakosky chausse des acteurs et des Anglais : — Beaucoup de ses clients le traitent d'Anglais lui-même. — Mais, malgré la robe de soie et le chapeau Herbaut, malgré le pantalon Chevreuil, l'habit Humann et le chapeau Gibus, l'oreille, cette malencontreuse oreille, se montre toujours : il faut souvent pour la découvrir des yeux à l'intelligence, plus sensibles encore que ceux de la tête; mais aussi quelquefois elle se montre longue, grise, et velue comme celle de bien des Viennet et autres Flourens que je ne vous nommerai pas.

II.

COUP D'ŒIL SUR L'EXTÉRIEUR.

—

Les voitures à six sous. — Le Médecin actionnaire. — Partie financière. — Les jours de fêtes. — Le Cadran compteur. — Le Conducteur.

COUP D'ŒIL SUR L'EXTÉRIEUR

Depuis quelques années, les omnibus pullulent à Paris d'une manière inquiétante ; à chaque instant ces voitures gigantesques vous croisent et vous éclaboussent ; dans certains quartiers, elles se succèdent avec une telle rapidité que vous ne pouvez faire cinquante pas sans en compter une demi-douzaine. Sur les boulevarts et dans la Chaussée-d'Antin, ces voitures circulent librement, et sans plus de danger pour les piétons que les cabriolets de places ou de remises. Il n'en est pas de même dans les lignes qui sillonnent le centre de Paris, la Cité et le quartier Latin, où les rues étroites et passagères rendent la navigation de ces véhicules périlleuse comme un voyage d'outre-mer. Il y a des caps à doubler, des pentes raides à descendre, d'arides montagnes à gravir, de rudes abordages à éviter, des flots de peuple à fendre, des tempêtes à essuyer, et des détroits à franchir, non moins dangereux que celui de Magellan. La traversée n'est pas toujours heureuse; le *fait Paris* des journaux fourmille quotidiennement d'aventures plus ou moins bizarres, d'événements plus ou moins dramatiques, que, malgré toute l'ardeur des chevaux, la prudence des cochers et l'habileté des conducteurs, les omnibus ne pourront jamais éviter. C'est là l'histoire malheureuse, mais bien vraie, de toutes nos découvertes : Utilité d'un côté, péril de l'autre : — N'y aurait-il donc pas un remède à cela ?

On m'a parlé d'un conducteur qui n'entreprend jamais sa course sans recommander à Dieu son âme et celle de ses voyageurs. Terme moyen, il fait trois quarts de lieue en deux heures, et si — chose miraculeuse — durant son voyage, il ne lui est arrivé que d'écraser un chien, d'accrocher une dizaine de voitures, d'occasionner un encombre-

ment sur une étendue de trois cents mètres, et de
oir son coche suspendu quelques secondes à l'au-
ent d'une boutique, à son arrivée, il se frotte les
mains avec une joie que sa prochaine mise à la
oile peut seule troubler.

LES VOITURES A SIX SOUS.

—

Les entreprises d'omnibus sont au nombre de douze; elles ne comptent pas moins de *trois cent cinquante voitures*, réparties comme suit :

112 Omnibus.
48 Favorites.
30 Parisiennes.
28 Dames-Réunies.
23 Diligentes.
22 Hirondelles.
21 Citadines.
17 Béarnaises.
17 Batignollaises.
12 Orléanaises.
10 Tricycles.
10 Constantines.

Trois cent cinquante omnibus, occupant à peu près l'espace de sept cents voitures ordinaires, de mille cinquante cabriolets ou de quatorze cents tilburys, et circulant sans cesse du Nord au Sud, et de l'Est à l'Ouest de Paris!

Tout le monde sait que l'inventeur de la voiture-omnibus eut la douleur de voir ses premiers essais, tentés à Bordeaux et à Nantes, sinon échouer complètement, du moins ne donner que de fort tristes résultats. Convaincu de l'excellence de son idée, il ne se découragea pas cependant, et soutint son entreprise autant qu'il put : il y perdit sa fortune. La voiture-omnibus est donc d'origine provinciale; ce n'est pas la seule invention et le seul progrès que nous devons à la province.

Aujourd'hui, Lyon, Marseille, Bordeaux, Rouen, et toutes les grandes villes de France, ont des omnibus. Quelques unes de ces entreprises rivalisent de bénéfices avec les principales administrations de Paris; d'autres n'ont donné, comme certaines d'ici, que de faibles résultats.

On se tromperait si l'on pensait que toutes les entreprises d'omnibus de Paris sont en voie de prospérité; si, d'un côté, les actions de quelques unes ont presque doublé leur valeur, d'un autre, et c'est pour le plus grand nombre, elles sont au-dessous du chiffre d'émission.

LE MÉDECIN ACTIONNAIRE.

Je tiens de bonne source que les médecins sont en majorité parmi les actionnaires d'omnibus. Serait-ce philantropie de leur part?

Voici l'explication qui m'a été donnée.

Dans notre ordre de choses actuel, de même qu'un propriétaire est intéressé à voir le champ de son voisin ravagé par les débordements et ses vignes abîmées sous la grêle, parce qu'alors il vendra mieux, lui, son vin et ses seigles; que l'actionnaire d'une compagnie d'assurances mutuelles sur la vie est intéressé à voir mourir le plus grand nombre possible de ses co-associés, parce que les extinctions étant plus nombreuses, les dividendes qu'il doit recevoir, lui, seront plus forts; que l'armateur est intéressé à ce que le navire de son *ami intime,* armateur aussi, s'enfonce au beau milieu de la mer, avec ses articles de Paris, ses ballots de soieries, sa bijouterie fausse, son capitaine, son équipage et la femme du négociant, parce que son navire, à lui, arrivera seul au Chili ou ailleurs et qu'il pourra vendre sa cargaison, facilement, à gros bénéfices et sans craindre la concurrence; de ces raisons et de mille autres encore que je ne vous dirai pas, mais que vous pouvez deviner, le médecin, — par cela seul qu'il est médecin, — est intéressé à la prospérité et à l'accroissement des entreprises d'omnibus.

Tou calcul fait, il a été prouvé que trois cents voitures à six sous équivalent presque à un huitième de choléra permanent. — C'est déjà quelque chose, — Que serait-ce donc si l'on pouvait avoir le choléra tout entier, c'est-à-dire deux mille quatre cents omnibus!

Le médecin affectionne donc l'omnibus plus que tout autre voiture, non pour lui, il ne sort jamais qu'en coupé ou en cabriolet, mais pour la société entière qu'il porte dans son cœur, sur laquelle il est appelé à veiller, et puis un peu aussi — j'allais dire beaucoup — pour sa caisse qu'il est appelé à remplir.

L'omnibus a quinze ou vingt pieds de long, dix pieds de haut, cinq pieds de large. Cette énorme machine, une fois le ventre plein de ses seize voyageurs, ne se meut pas toujours avec prestesse, il arrive même parfois qu'elle ne se meut pas du tout; il arrive aussi, quand le cocher fouette trop fort et que les chevaux se fâchent, qu'elle renverse sur son passage quelque bonne femme, quelque vieillard ou quelque enfant jouant au milieu de la rue; il arrive encore que la voiture verse dans les parages des rues Saint-Honoré, Saint-Denis ou Saint-Martin, et qu'elle écrase, en décrivant sa courbe, trois personnes sur le pavé, sans compter les seize voyageurs qui s'étouffent dans l'intérieur, et se promènent les jambes en l'air, le cocher qui est allé tomber dans les vitrines d'un épicier et le conducteur qui mesure, avec ses cinq pieds deux pouces, les conduits de gaz qu'on est en train de réparer.

Quelle aubaine pour le médecin du quartier! avec quelle joie il s'arme de ses instruments! avec quelle austérité il palpe les blessures! Dans huit jours il prendra une nouvelle action d'omnibus — vous savez avec quel argent?

—

PARTIE FINANCIÈRE.

Les trois cent cinquante voitures versent, chaque jour, dans les caisses de leurs administrations, une somme d'environ 21,000 francs, ce qui donne un terme moyen de 65 francs par omnibus, et un total de soixante-douze mille voyageurs.

Dans un mois, deux millions sept cent soixante mille courses ont produit 630,000 francs.

Dans un an, le total des recettes est d'environ 7 millions, produit de 33 millions de courses!

Ainsi, toute la France passant par l'omnibus, verserait dans les caisses des administrations 7 millions de francs. Il est vrai que les enfants âgés de moins de quatre ans peuvent voyager gratuitement sur les genoux de leurs nourrices ou de leurs mères, il n'est pas moins vrai que jusqu'à leur première communion, les enfants ont régulièrement trois ans et demi; c'est ce que je prouverai en temps et lieu.

LES JOURS DE FÊTES.

J'ai dit que les voitures à six sous roulent sur le pavé de Paris depuis huit heures du matin jusqu'à minuit; je dois ajouter que le service n'est pas le même dans toutes les administrations. Pour certaines voitures, par exemple, les départs ont lieu à intervalles de six à huit minutes, d'autres ne partent que de quart d'heure en quart d'heure.

L'extérieur de l'omnibus n'a rien de poétique, tout le monde en conviendra. Semblable à certains fruits dont l'écorce est rude, peu agréable à l'œil, et le cœur savoureux et parfumé, l'omnibus renferme tous ses trésors, tout son intérêt sous sa carcasse. Ce n'est pas que cet extérieur manque d'une certaine originalité : il a quelque chose d'exotique qui nous ferait certainement rire bien fort si nous n'étions blasés par l'habitude.

Les dimanches et les jours de fêtes aux environs de Paris, quand les tilleuls et les acacias sont en fleurs et que les jeunes filles peuvent tomber sur l'herbe sans craindre de se blesser autre chose que le cœur, les omnibus se bariolent d'une quantité prodigieuse d'affiches sur lesquelles on peut lire à cinquante pas de distance :

GRANDE FÊTE A PANTIN.

BAL TOUTE LA NUIT.

Assemblée de Bercy (matelottes et fritures).

—

COURSES EN BATEAUX ET FARANDOLES.

—

Revue à Vincennes. — Danse dans le bois.

—

GRANDES EAUX A SAINT-CLOUD.

FEU D'ARTIFICE.

—

Ces jours là et les dimanches, les *correspondances* sont généralement suspendues.

On n'a pas oublié que, tout récemment encore, le *puits de Grenelle* était pour les voitures à six sous une source intarissable de bénéfices d'autant plus clairs que l'eau était plus trouble et chargée d'animalcules. Tout Paris à vu le *puits de Grenelle.*

Aujourd'hui, je gagerais qu'un nouveau *puits de Grenelle* n'aurait pas le moindre succès.

Un puits de vin attirerait plus longtemps la foule.

La nuit, l'omnibus avec ses deux lanternes vertes, rouges, jaunes ou bleues, que l'on peut prendre pour deux yeux enflammés, le fracas qu'il fait en ébranlant les maisons et le pavé des rues, le grincement continu de ses vitres toujours en émoi dans les coulisses des stores et sa girouette noire pirouettant de droite à gauche et de gauche à droite comme une queue étrange, la nuit, dis-je, l'omnibus a toutes les allures, toute l'apparence d'un monstre fantastique.

LE CADRAN COMPTEUR.

L'omnibus est aux autres véhicules de ville ce que la baleine est aux poissons, le plus gigantesque de tous. Il n'y a entre eux qu'une petite différence; on sait que l'une ne se nourrit que de menu fretin et que le ventre de l'autre peut contenir, seize personnes vivantes, sans compter les paquets, les parapluies et les enfants.

Jonas était-il entré par la tête ou par la queue dans la baleine?

On sait que l'omnibus avale par la queue.

Une des choses qui inquiètent le plus un provincial de petite ville à son arrivée à Paris, c'est le cadran compteur de la voiture à six sous. Un d mes camarades de collége le prit tout d'abord pour une horloge, et *régla*, d'après lui, sa grosse montre d'argent. Un autre beaucoup plus spirituel crut y voir une boussole. Il écrivit à ses parens :

« J'ai vu ici de grandes voitures qui font, du » matin au soir, de longs voyages dans Paris. Ces » voyages sont entourés de tant de périls, que, » pour plus de sécurité, on a appliqué une boussole » au derrière de la voiture. Cela vous paraîtra » bien naturel quand vous saurez que Paris n'a » pas moins de huit ou dix lieues de circonfé- » rence, et qu'un brouillard éternel voile sans » cesse le soleil et la lune. »

Il aurait pu ajouter : avec laquelle je suis, etc. Cette nouvelle fit sensation dans son pays, à Codrot, je crois.

LE CONDUCTEUR.

Comme tous les conducteurs possibles, le conducteur d'omnibus est un excellent homme; moins gros et moins grand que le conducteur de diligence, peut-être aussi moins joyeux. Plus tard nous reverrons cet homme. Qu'il nous suffise, pour le moment, de vous montrer du doigt sa silhouette, debout sur le marchepied, le dos appuyé contre la courroie de cuir qui le défend et le protège. C'est toujours l'éternel pantalon rayé bleu et blanc, la veste verte, bleue ou grise, à ganses noires sur les revers et la poitrine, à petit galon argenté ou doré sur le bord du collet, la plaque de cuivre blanchi et la casquette bleue à visière.

Que vous dirai-je des chevaux? Je suis si peu maquignon. Et puis que nous importe, si nos compagnons de voyage sont nombreux et dignes d'études. En route donc et courage!

Passez d'abord, cher lecteur !

— Après vous.

— Allons pas de façon.

Nous y sommes. Mais je ne vous ai rien dit du cocher?

Remettons cela à une autre fois.

III.

COURSES EN OMNIBUS,

—

En route. — Le Monsieur aux cheveux gris. — Un poète. — Poésie. — Un petit Monsieur et une nourrice. — M. le curé, l'Anglais, Ste-Thérèse. — Le Monsieur qui fait passer l'argent. — Un enfant de trois ans et demi. — Ma Voisine de gauche. — Opinion d'une femme à l'endroit des moustaches. — La Mère de ma voisine. — L'Omnibus et la société. — Nouveaux visages. — Suite du même.

COURSES EN OMNIBUS.

S'il vous est arrivé déjà de monter en omnibus, vos regards, en parcourant l'intérieur de la voiture, ont sans doute rencontré les huit ou dix bandes de papier, clouées à la partie supérieure des panneaux, à deux ou trois pouces au-dessus de la tête des voyageurs. Ce sont les extraits des réglements administratifs que, pour éviter les discussions, il importe aux voyageurs de connaître.

Voici ce qu'on lit dans la plupart des omnibus :

« L'entrée des voitures est interdite aux personnes portant des paquets qu'elles ne pourraient tenir sur elles. »

« On ne doit pas fumer dans les voitures. »

« Une mise propre et un maintien décent sont de rigueur. »

« On doit s'abstenir de toutes paroles ou gestes qui blesseraient les mœurs. »

« L'entrée des voitures est refusée aux gens en état d'ivresse. »

« L'expulsion de la voiture des personnes qui se comporteraient mal, pourra être provoquée par les voyageurs. »

« Les chiens ne doivent pas entrer dans la voiture. »

Maintenant que nous sommes prévenus, éteignons notre cigare, n'attendons pas que cette grande femme, moins complaisante que le conducteur, nous crie d'une voix que je soupçonne assez peu harmonieuse :

— On ne fume pas ici !

Entrez dans un omnibus en tenant à la bouche un havane pur sang qui n'aura pas encore vu le feu, laissez le sur vos lèvres par contenance; et je vous garantis qu'avant une minute, cette phrase de rigueur : — On ne fume pas ici ! — arrivera droit à vous. Qu'il y ait ou qu'il n'y ait pas de femmes dans la voiture, peu importe : si vous avez trois compagnons de route, l'un des trois — c'est presque toujours le plus barbu et le plus gras — saura bien vous rappeler l'article du réglement qu'il croira vous voir enfreindre. Que s'il vous arrive, par hasard ou avec intention, de suivre ce monsieur, vous le verrez entrer dans un estaminet, tirer des basques de son habit un brûle-gueule culotté jusqu'à l'embouchure, le bourrer d'une once de tabac et fumer comme un sapeur. Tant de gens aiment à se montrer, même d'une manière pitoyable !

Les femmes seront plus dissimulées et moins impolies : elles essaieront de donner à leur requête une apparence de nécessité motivée par la faiblesse de leur constitution et l'irritabilité de leurs nerfs. A l'aspect de votre cigare inoffensif, elles tireront leurs cassolettes ou leurs mouchoirs parfumés, puis elles tousseront légèrement, puis avec convulsion, et enfin :

— Monsieur, votre cigare me fait bien mal ! Seriez-vous assez bon pour l'éteindre ?

— Il n'a jamais été allumé, madame.

Vous remettez votre cigare dans votre portefeuille et les convulsions sont finies.

Avec un cigare en chocolat, vous pouvez, sans crainte, aller jusqu'aux attaques de nerfs.

EN ROUTE.

—

Nous sommes en route. Le temps est sombre, les nuages s'amoncèlent, il pleuvra : c'est le plus beau temps pour les omnibus.

— Conducteur, allez-vous à Neuilly?

— Oui, madame, par correspondance avec les *Orléanaises*.

La voiture s'est arrêtée. Une femme de cinquante ans et une demoiselle qui peut en avoir vingt, prennent place auprès de nous. Comptons nos voisins et commençons nos études.

Quelle heure est-il d'abord? Diable! cinq heures... nous dînerons à Neuilly et nous reviendrons par Saint-Cloud, c'est une charmante promenade.

Une, deux, trois, quatre, cinq, six, sept, huit, neuf personnes ; quatre dames et cinq *messieurs*. La jeune demoiselle que nous avons vue arriver tout à l'heure est avec sa mère, elle s'est placée doucement tout près de nous, ce qui ne nous étonne pas, car nous jouissons de l'heureux privilége d'être assez beau garçon : un peintre de nos amis nous a donné cette assurance, un jour que nous voulions bien poser une jambe pour son tableau *des Bohémiens*. Sa mère — la mère de la demoiselle — est en face de nous ; elle regarde sa fille qui ne regarde rien.

—

LE M., AUX CHEVEUX GRIS.

A notre droite, un monsieur à cheveux gris, soigneusement peignés et pommadés, à cravate blanche bien propre, promène mignardement ses doigts sur les ciselurs d'une tabatière en vermeil, et lance de temps en temps des regards langoureux sur une blonde mélancolique qu'il a pour vis-à-vis. Cette blonde est jolie, son œil bleu est baigné, la désinvolture de son corps, doucement appuyé à l'un des angles de la voiture, annonce une vie horisontale et paresseuse. Son chapeau est blanc, simple, orné d'un voile gracieusement relevé à demi, sa gorge est pudiquement couverte... à demi, ses jolis doigts roses gantés à demi. C'est une femme entretenue ou je me trompe fort ; mais je ne me trompe pas, c'est une femme entretenue : le monsieur à la cravate blanche ne se trompe pas non plus.

Ce monsieur mérite bien quelques lignes ; nous allons les lui consacrer, vous le reconnaîtrez sans peine.

Il a de cinquante cinq a soixante printemps. Sur sa figure rosacée à l'endroit des pommettes, vous chercheriez vainement un poil de barbe. Autrefois, pourtant, il portait de beaux favoris fauves ; mais le temps a neigé sur ses favoris comme sur ses cheveux, plus encore que sur ses cheveux, car s'il les laissait croître aujourd'hui, ils se montreraient blancs comme sa chemise. Pourtant ses sourcils sont d'un noir éclatant : c'est un secret que la pommade mélaïnocome et la mixtion anglaise ont résolu depuis la révolution de Juillet. Ce monsieur passe les cinq sixièmes de sa vie en omnibus. Ses quelques mille livres de rente lui permettent ce luxe de locomotion. Béarnaises et Tricycles, Orléanaises et Parisiennes, Favorites et Constantines, le connaissent depuis longtemps. Supprimez les omnibus, cet homme mourra. Le mouvement c'est sa vie ; mais au milieu du mouvement, dans ses courses perpétuelles, il a su se créer des jouissances à lui connues, une vie pleine de péripéties, d'aventures et de far-niente à la fois.

Voyez-le : légèrement penché vers son vis-à-vis, les mains croisées sur le ventre, les jambes étendues et à demi cachées sous les flots de la robe de cette femme qu'il caresse des yeux Son pantalon noir, collant, trahit des membres grêles mais frissonnans; son gilet blanc, semé des petites fleurs bleues et de grains de tabac, se gonfle et s'abaisse comme contracté par l'agitation du cœur; sa figure s'anime, ses yeux semblent se voiler, — il est heureux!

Voir une femme, une belle femme, là, tout près de lui, la toucher du genou et du regard, recevoir le prix de sa place pour le faire passer au conducteur, lui rendre la monnaie en souriant avec grâce — comme l'on souriait sous Louis XV— ramasser son mouchoir, le lui donner après l'avoir amoureusement pressé pour s'imprégner de ses parfums; écouter les frissonnements de cette robe de soie que le roulement de la voiture fait sans cesse onduler, de cette robe qui parfois semble s'avancer vers lui; saisir à la hâte, pour les dévorer, ces petits mouvements, ces quelques sons de voix, ces quelques brises tièdes, ces mille riens qui s'échappent toujours d'une femme qu'une voiture secoue, comme d'un chèvre-feuille doucement agité, saisir tout cela de l'ouïe, du regard et de la bouche, s'en former un petit horizon bien rose; aimer cette femme, l'aimer d'amour pendant cinq ou dix minutes, un quart d'heure au plus...... et la perdre tout à coup, la voir disparaître au premier coin de rue; c'est la vie de ce Monsieur, son occupation de toutes les heures et de tous les instants.

Il voit ainsi tous les jours, une dizaine de jolies femmes, plus ou moins; toutes lui ont paru adorables, il les a adorées toutes; et quand l'heure de la retraite est arrivée, un dernier omnibus le dépose à sa porte; il arrive lentement à son troisième étage, savoure le lait de poule que sa chambrière a ordre de lui tenir prêt, se coiffe de son bonnet de coton, et s'endort en soupirant et en songeant à ses amours.

UN POÈTE.

Je ne connais qu'un pendant à ce monsieur, c'est ce jeune homme pâle que nous apercevons entre la mère de ma voisine et notre blonde intéressante. Son habit noir est râpé, mais d'une propreté irréprochable. Il tient à la main un portefeuille gros de papiers, et prend de temps en temps quelques notes que sa voisine voudrait bien lire. Lui aussi, affectionne les omnibus; mais ce n'est pas seulement pour se trouver auprès d'une femme, la voir quelques minutes et la perdre sans retour, non, depuis longtemps ce jeune homme a son idée, et c'est pour en atteindre plus tôt la réalisation qu'il poursuit cette idée en voiture.

Voici le mot de l'énigme :

A Paris — comme partout — on peut avoir vingt-cinq ans, du talent, et manquer totalement de rentes ; on peut même être assez bon poète et mourir de faim — cela s'est vu, — mais Paris est une bonne ville qui offre aux âmes entreprenantes une foule de ressources que l'on chercherait vainement ailleurs. Notre jeune homme a compris cela ; il a vingt-cinq ans, du talent et se croit poète — qui n'a pas eu un peu cette folie ?—malheureusement les journaux sont sourds aux accents de la lyre divine, et les éditeurs deviennent de plus en plus prosaïques et impitoyables : personne n'a voulu de ses vers.

Après avoir sérieusement pensé à sa position, ce jeune homme a tout à coup rencontré dans son cerveau une idée admirable.

— On ne veut pas de mes vers, tant mieux ! je préfère qu'ils soient inédits.

Et, passant en revue ses inspirations, ses ours, il a choisi trois ou quatre pièces adressées à des femmes, il les a copiées à vingt-cinq exemplaires, puis il s'est élancé dans un omnibus en se frottant les mains.

Il voyage depuis six mois, distribuant de droite et de gauche ses épîtres amoureuses, épiant avec l'attention d'un rusé chasseur, le gibier qu'il convoite, qu'il plume quelquefois, ayant grand soin de n'offrir ses strophes et son cœur qu'à des femmes mariées ou veuves. La jeunesse et la beauté sont pour lui les moineaux du proverbe : il ne les épouvante jamais.

POÉSIE.

—

L'indiscrétion d'une bonne dame qu'il avait rencontrée dans un omnibus et qu'il avait eu la constance de suivre jusqu'aux Batignolles me permet de vous donner l'échantillon suivant des vers de notre poète.

Voici ce que cette dame reçut sous enveloppe :

A MADAME A. DE J. VEUVE DE C.

Ah ! ne vous plaignez pas ! vous avez dans votre âme
Les transports enivrans de la céleste flamme
Que Dieu ne prodigua qu'aux anges ses élus !
Vous avez dans le cœur Amour et Poésie !
Vous avez dans le cœur la suave ambroisie
Qui nous parfume encor lorsqu'on ne vous voit plus ;

Quel jour était-ce donc, quand, de sa main féconde,
L'Éternel vous jeta sur notre pauvre monde
Comme pour l'animer d'un regard de vos yeux?
Quel jour était-ce donc, quand, sillonnant l'espace,
Avec vos ailes d'or, comme un éclair qui passe,
Vous nous descendîtes des cieux?

C'était un jour divin, car l'œuvre était divine!
Le soleil rayonnait comme il rayonne encor;
Sur les sommets des monts et la vague marine
S'épandait sa poussière d'or!

C'était un jour divin... Et pourtant une trace
D'indicibles douleurs, qui jamais ne s'efface,
Mélancolique, sombre, et qui me fait rêver,
De votre noble front, où sont tant de pensées,
Me dit qu'il est en vous de douces fleurs brisées
Que nul ne saurait relever!

C'était un jour divin... Et pourtant sous l'orage,
Votre cœur bondissant, pour trouver une plage,
Dans l'aride désert doit vainement crier.....
C'est qu'il vous faut, à vous, une immense auréole,
Et que nous n'avons nous, ici, pour notre idole,
Qu'un pauvre rameau de laurier!

La bonne dame ne comprit rien à ces vers; elle crut se rappeler pourtant que, la veille, elle avait causé en omnibus avec un jeune homme pâle qui lui avait paru plein d'enthousiasme.

Le lendemain, elle reçut une nouvelle épître finissant ainsi :

. . . .

Oh ! mourir dans vos bras !... mourir sous une étreinte
De ce feu dévorant !... sans gémir une plainte
Qui ne soit de bonheur !... et renaître d'amour !
Mourir sous les baisers de vos lèvres de flamme !
Naître pour rassembler les débris de son âme !...
Naître encore une fois pour mourir sans retour !

Cette fois, elle ne comprit que trop. Le poète donnait son adresse. Les lettres qui suivirent furent refusées.

UN PETIT MONSIEUR ET UNE NOURRICE.

Ce petit monsieur qui énumère à cet anglais tous les inconvéniens de la voiture à six sous, ne monte jamais en omnibus que lorsqu'il y est contraint par la pluie. Son petit corps prend le plus de place possible, ses jambes, étendues dans toute leur longueur, sont sans cesse en guerre avec celles de son voisin. C'est la bête noire des conducteurs qui le connaissent et lui refusent souvent l'entrée de leur voiture sous le prétexte qu'ils n'ont pas de place.

A côté de lui, une nourrice, grosse et gaillarde provinciale, étale à tous les yeux sa gorge brune et fortement accusée; mais le marmot ne tette pas: sans cesse en émoi par le cahotement de la voiture, sa tête ne peut s'attacher au sein. La nourrice fouette le marmot qui crie, le petit monsieur se plaint au conducteur qui ne l'écoute pas et compte son argent. Nous arrivons à la place de l'Oratoire, où nous quittons les *Parisiennes* pour monter dans les *Orléanaises*.

M. LE CURÉ. — L'ANGLAIS. SAINTE-THÉRÈSE.

Ici nous serons au complet.

— Appuyez à gauche, messieurs! à droite, mesdames!

— Conducteur, allez vous à l'Arc de l'Etoile?

— Oui, madame.

— Quel horrible temps!

— Encore une place à droite, mesdames; dans le fond, monsieur le curé!

— Dieu! quelle pluie!

— Monsieur, serez-vous assez bon pour fermer les carreaux? Je suis toute mouillée.

Et ma promenade de Neuilly à Saint-Cloud?

En route! Les chevaux partent. Le conducteur marque sur son cadran les nouveaux voyageurs. L'argent circule.

A part l'Anglais, qui, s'étant trompé de voiture, avait pris le château des Tuileries pour l'hopital des fous, nous possédons encore, à notre arrivée sur la place de la Concorde, tous nos anciens compagnons de voyage : la charmante blonde et le monsieur aux cheveux gris, la jeune fille et sa mère, le poète, le petit monsieur qui n'aime pas l'omnibus, la nourrice et son marmot.

Mais nous avons bien d'autres physionomies maintenant. D'abord celle de monsieur le curé, qui, placé entre deux dames, se fait le plus petit possible pour éviter les attouchements dangereux. Il ouvre son bréviaire, sans doute pour y puiser des forces contre la tentation de la chair. Une image coloriée, représentant sainte Thérèse, se détache du livre et va tomber entre les jambes de la dame de droite, qui ne s'en aperçoit pas. Que faire? M. le curé rougit et lorgne piteusement sainte Thérèse qui, d'un instant à l'autre, peut être souillée : il se baisse, hasarde une main tremblante, la dame pousse un cri et retire ses jambes, M. le curé relève son visage empourpré, fait quelques excuses assez gauches, replace sainte Thérèse dans le livre; et se plonge avec ferveur dans la lecture des sept psaumes de la pénitence.

LE M. QUI FAIT PASSER L'ARGENT.

— Payez vos places !

Les retardataires cherchent leurs six sous. Un monsieur bienveillant reçoit en souriant avec bonhomie l'argent qu'il fait passer au conducteur.

Le Monsieur qui fait passer l'argent, est un des bons types de l'omnibus. Il est jeune ou vieux, l'âge n'y fait rien. S'il a vingt-cinq ans, il porte des gants citrouille, et l'on est bien tenté de croire que c'est pour mieux les montrer qu'il avance sans cesse la main : ce qui nous confirme dans cette idée, c'est que cette main gantée n'a pas la même obligeance pour tout le monde, elle ne s'ouvre guère que pour l'*élite* de l'omnibus. S'il a de quarante à soixante ans, le monsieur qui fait passer l'argent porte des gants de filoselle ou n'en porte pas du tout. C'est ce même monsieur qui vous adresse la parole après vous avoir considéré quelques minutes. Il débute toujours par une observation banale sur la pluie ou le beau temps, l'augmentation des farines ou l'utilité des socques articulés ; de là à la question d'Orient il n'y a qu'un pas, il vous le fait franchir par le c heminde fer, et vous vous trouvez, souvent bien malgré vous, embourbé jusqu'au cou dans la question politique, la plus insupportable de toutes les questions après celle du saint-office. Arrivé à sa destination, ce monsieur fait un signe au conducteur, et quand l'omnibus s'est bien arrêté, il se lève avec précaution, s'accroche à la courroie de sureté, salue gracieusement tout le monde et descend en vous jetant un regard qui semble dire :

— Je suis vraiment peiné de vous quitter, cette discussion m'intéressait au plus haut degré !

Ce monsieur est toujours de l'opinion de son interlocuteur.

UN ENFANT DE TROIS ANS ET DEMI.

Écoutons. Le conducteur a rassemblé sur son visage tout ce qu'il a de dignité, sa voix est grave et son geste académique :

— C'est douze sous, madame.

Le système décimal sera longtemps exclus de l'omnibus.

— Je ne vais que jusqu'à l'Arc de l'Étoile, monsieur.

— Les enfants au-dessus de quatre ans paient leur place.

— Mais mon fils n'a que trois ans et demi.

Tout le monde rit. La jolie blonde abaisse son voile. Ma jeune voisine de gauche cache sa figure sous son mouchoir.

— Vous plaisantez, madame?

— Mon fils est né à la Toussaint!

Le curé lève la tête.

— Madame a raison, dit-il, ce petit bonhomme est né à la Toussaint, en 1831, c'est moi qui l'ai baptisé.

Hilarité prolongée; la mère rougit jusqu'aux oreilles.

— Je ne suis pas un petit bonhomme, monsieur.

On rit encore. La jolie blonde étouffe sous son voile; le monsieur aux cheveux gris lui présente un flacon de sels.

Le tableau est pittoresque. Imaginez-vous une femme d'une taille excentrique, tenant avec peine sur ses genoux un gros garçon de dix ans qu'elle espère sauver à la perspicacité du conducteur.

Malheureusement, le voyage de l'enfant est marqué sur le cadran compteur. Il faut se résoudre à payer la course : on donne les six sous en marmottant.

—

MA VOISINE DE GAUCHE.

—

Si nous ne vous avons encore rien dit de notre voisine de gauche, c'est parce que, jusqu'à ce moment, elle n'a pas daigné nous laisser voir son visage. Mais une jolie femme ne se cache pas longtemps. Elle nous montre peu à peu les trois quarts de sa figure qui est ravissante. Elle est tout près de nous : nous nous touchons du genou et du corps. Ses cheveux effleurent les nôtres, nous respirons son haleine, elle le voit et rougit. Sa mère nous étudie avec attention : par contenance, et peut-être par fatuité, nous prenons le bout de notre moustache, que nous tourmentons; elle tourmente son sac de satin.

Pour peu que le lecteur ait quelques poils sur la lèvre supérieure, il comprendra jusqu'à quel point notre aspect devait être séduisant. Nous lui promettons, du reste, pour la seconde édition, notre portrait que Daumier prépare.

La moustache est d'une immense ressource. Tout le monde a compris cette grande vérité, car tout le monde porte moustache, même les gens qui n'en ont pas. La moustache donne du *style* à la physionomie, ce qui n'empêche pas beaucoup d'écrivains de porter moustache et de manquer totalement de style. La moustache attire l'attention et le respect, elle est d'un entretien facile et peu coûteux.

En général, les femmes ont un faible pour les moustaches : cela pourrait expliquer le plus grand nombre de leurs faiblesses.

OPINION D'UNE FEMME A L'ENDROIT DES MOUSTACHES.

Voici, sur les moustaches, l'opinion d'une personne compétente, nous la donnons à voix basse en recommandant la discrétion au lecteur.

C'est une femme qui parle.

« Entre toutes les roses, nous préférons celles qui ont de la mousse : cela peut expliquer notre amour pour les visages barbus. Toutes jeunes filles, l'homme que nous rêvons appartient invariablement à la race la plus voisine des ours, sa figure est velue à faire peur, c'est pour cela que nous l'aimons ; l'horrible nous intéresse toujours, chez nous l'intérêt c'est l'amour. Cet état et ces désirs ne sont que transitoires. Il nous arrive de rencontrer, çà et là, des figures barbues, mais laides et sans poésie, qui nous font prendre en

8.

horreur les hommes que nous aimions le plus. Dès ce moment, les moustaches, mais les moustaches seules peuvent nous émouvoir ; nous détestons de tout notre cœur les favoris, et les barbes de boucs nous font hausser les épaules : c'est la dernière expression de notre mépris ; vous savez que de l'amour à la haine il n'y a qu'un pas.

» Ce qu'il nous faut, ce sont de jolies moustaches, brunes ou blondes, brunes surtout ; le sombre nous plait tant ! Ces moustaches ne doivent être ni trop fortes ni trop clair-semées ; trop fortes elles nous blessent, trop clair-semées elles ne voilent pas le carmin des lèvres, et nous aimons le mystère ! Une moustache rasée en partie est la chose du monde la plus ridicule, elle ne pourra jamais rien sur une femme d'esprit.

» Le premier besoin qu'éprouve l'homme qui se marie, c'est de raser ses moustaches ; c'est la plus grande maladresse qu'il puisse faire : de chaque poil qui tombe doit germer une infidélité ! Peut-être les maris commencent-ils à comprendre cela, quelques uns portent moustaches ; mais leur qualité d'époux les empêche de les bien porter.

» Vous savez qu'à son dernier moment, la Esmeralda avoua que son cœur s'était toujours refusé à aimer Gringoire parce que le poète ne portait pas moustaches.

» En revanche, Phœbus de Chateaupers en avait de fort belles.

» De sérieuses recherches m'ont prouvé que Pétrarque n'avait pas de moustaches : cela rendit très facile le platonisme de son amour pour Laure.

» Que de Gringoire et de Pétrarque dans notre société.

» Mais aussi que de Phœbus !

» Cet état d'apogée, qui nous livre avec tout notre amour et toutes nos beautés à la merci d'un nombre plus ou moins grand de moustaches plus ou moins grandes, se prolonge jusqu'à trente ans, quelquefois jusqu'à trente-cinq ; puis nous tombons dans l'enfance, c'est-à-dire que nous aimons des enfants, des êtres ambigus tenant le milieu entre l'homme et le collégien. Il est vrai que nous ne sommes plus nous-mêmes que des rameaux sans fleurs et sans sève ; mais les besoins nous sont restés, et, avec eux, les désirs de les satisfaire, plus cuisants et plus impérieux que jamais ; il n'est pas moins vrai que, si nos amants manquent alors de moustaches, nous en avons souvent pour eux ! »

Ces confidences — dont nous n'acceptons pas la responsabilité, — ne se bornèrent pas là; nous nous arrêtons cependant, non dans la crainte de nous éloigner de notre sujet — l'omnibus nous emporte au grand trot — mais par discrétion, et aussi bien parce que nous avons autre chose à vous dire.

LA MÈRE DE MA VOISINE.

Un regard sur la mère de ma jeune voisine.

C'est une femme de cinquante ans; la régularité de ses traits, la finesse de son profil, révèlent une de ces noblesses d'ancienne date, dont nous ne rencontrons plus les types que dans les portraits des règnes de Louis XIV et Louis XV. Tout est vaporeux dans cette figure que des cheveux, légèrement argentés et ramenés en grosses boucles sur les tempes, encadrent doucement. Ces cheveux abondants et longs paraissent encore poudrés. Leur reflet s'attache comme un voile de gaze sur ces yeux gris et ces lèvres décolorées : On sent qu'une chevelure blonde ou noire conviendrait peu à cette figure, jeune encore, mais pourtant d'un autre siècle.

Il n'y a rien de la mère sur les traits de la fille; elle est belle cependant, mais c'est une tout autre beauté, la beauté d'aujourd'hui, cette beauté luxuriante, forte et pleine de liberté, qui n'a qu'à se montrer pour faire battre le cœur, qui se montre dépouillée de fard et de colifichets. Elle serait ridicule emprisonnée sous des flots de dentelles, des gerbes de plumes paraîtraient immobiles et sans grâce sur son front, elles l'écraseraient. C'est la beauté nouvelle que nous a léguée la Révolution. —Nous n'avons pas seulement renversé les monastères et les châteaux, détruit les institutions et les priviléges— c'eut été trop peu — nous avons porté une main dévergondée sur la femme, nous l'avons dépouillée de tous ses atours, de ces mille riens qui faisaient sa vie; nous l'avons mise devant nous nue comme la Liberté—cette vierge-folle qui nous fouette le sang et nous énerve — et quand nous avons eu la triste certitude qu'entre la marquise et sa femme de chambre, la différence était à peine sensible, quand nos yeux ont été rassasiés, repus, nous avons éprouvé quelque pudeur, et nous avons jeté sur les épaules de l'une et de l'autre tout juste assez d'étoffe pour voiler leurs charmes qui ne nous charmaient plus.

Il y a entre cette jeune fille et sa mère un précipice immense que l'instrument des places de Grève, malgré son infatigable cruauté, n'a jamais pu combler, que le temps seul effacera. C'est l'histoire d'une société nouvelle greffée sur les troncs mutilés d'une société ancienne. Cette femme de cinquante ans, que j'ai là en face de moi, qui respire l'air respiré par seize personnes plus ou moins polies et bien nées, qu'elle ne connaît pas, qu'elle voit pour la première fois, cette femme qui vient de donner douze sous pour payer les deux places qu'elle et sa fille occupent dans l'omnibus, avait autrefois — cet autrefois n'est pas bien vieux — dans les écuries du manoir de son père un carrosse blasonné, des chevaux magnifiques, et des livrées respectueuses; elle avait aussi des vassaux qui battaient des mains et saluaient humblement quand sa voiture glissait sur la grande avenue du parc. Aujourd'hui, on ne lui a rien laissé de tout cela, rien que ce portrait d'homme, noble et pâle comme elle, qu'elle porte suspendu à un collier de corail dont les grains sont toujours froids et rouges à son cou... c'est un bien triste souvenir!

Et demain, peut-être, le fils d'un des varlets de son père lui criera-t-il du haut d'un omnibus :

— Restez sous la pluie, madame, vous et vôtre fille, nous n'avons pas de places pour vous!

Quel progrès!

Applaudissez-vous, frottez-vous les mains, ô hommes sublimes! vous avez conquis le droit de vivre de l'air du temps, et celui, non moins incontestable, de mourir de faim!

L'OMNIBUS ET LA SOCIÉTÉ.

Je cherche une personnification de la société, je la trouve entière, vraie et juste, avec ses anachronismes, ses non-sens, son crétinisme, sa sottise et son amour-propre, dans l'omnibus. L'omnibus est un échantillon d'autant plus fidèle qu'il varie sans cesse. C'est un miroir où toutes les silhouettes, grandes et petites, sombres et bouffonnes, viennent se décalquer, où le ridicule et ses mille nuances se montrent de grandeur naturelle, de pied en cap. Tout le monde passe par l'omnibus; faire l'histoire de l'omnibus, c'est faire l'histoire de la société. Quelque belle que soit cette tâche, je ne la remplirai pas, les forces me manqueraient sans doute, et les limites de cet ouvrage ne m'en donneraient pas la possibilité.

L'homme de génie qui, au printemps (1), se bat les flancs pour trouver la quadrature du cercle est moins fou que ces médecins qui prétendent guérir nos travers à l'aide de saignées ou de tisanes rafraîchissantes : contentons-nous de plaindre la société et de mettre tout notre espoir dans l'avenir de nos petits-neveux.

La voiture vient de s'arrêter. La jeune et jolie blonde se lève pour descendre — nous sommes en face du Bois de Boulogne, à la porte Maillot — mon voisin de droite, le monsieur à la cravate blanche et aux cheveux gris, soupire doucement; il salue en faisant une petite moue qui semble dire : vous partez déjà? Le conducteur remonte sur le marche-pied, et les chevaux trottent vers Neuilly.

En route, nous avons déposé plusieurs de nos compagnons. Le poète s'est arrêté à l'arc de l'Étoile pour suivre une femme en deuil, une veuve qu'il se propose de consoler. L'enfant de *trois ans et demi* est descendu avec sa mère, ce qui n'a pas laissé moins de trois places libres dans l'omnibus. Le monsieur qui a fait si gracieusement passer notre argent au conducteur s'est éclipsé dans l'allée des Veuves.

(1) Au printemps, les gens qui cherchent la quadrature du cercle fourmillent.

F. Arago de (l'Institut), cours d'astronomie, leçon du 23 mai 1841.

NOUVEAUX VISAGES.

—

Cependant, dix personnes sont encore dans la voiture : nous avons recueilli trois voyageurs, un monsieur et deux dames.

Une de ces dames est fort laide, tellement laide que je n'ose la regarder

L'autre doit être l'épouse de ce monsieur ; elle promène dans la voiture un regard plein de finesse et de coquetterie, et ses yeux viennent s'arrêter sur ceux du monsieur aux cheveux gris qui a déjà oublié la jolie blonde pour recommencer avec une autre son petit manège d'amoureux. Cette dame n'ignore pas qu'elle est belle ; sans doute elle sait aussi qu'elle n'a rien à craindre de son mari, homme grave, qui, le coude et la tête passés à l'une des ouvertures, s'amuse à voir filer les arbres de l'avenue.

Madame tient un beau bouquet de roses blanches qu'elle respire avec volupté. De temps en temps, ses lèvres saisissent un des pétales, le détachent de la fleur, et la pauvre feuille parfumée va mourir sous deux rangées de perles, dont je remarque la blancheur, et que mon voisin dévore du regard ; le tableau est ravissant. Cette dame est plus belle que je ne croyais ; aussi brune que l'autre était blonde, il y a plus de feu dans son regard, ses tempes sont plus animées, ses lèvres plus intelligentes. Quelle bonne fortune pour le monsieur aux cheveux gris ! ce sera la déesse de son chevet pour la nuit qui va suivre. Ma foi, moi qui ne cours pas les aventures, je me sens tout ému, et je pourrais bien la revoir la nuit prochaine, cette belle aux cheveux noirs !

Ma voisine de gauche fait un mouvement et me regarde, nous nous regardons ; sa mère lui touche le pied, elle baisse les yeux et rougit. L'autre dame sourit et continue de manger ses fleurs.

Que dois-je faire, ami lecteur, que ferais-tu à ma place ?

Voici ce que je fais :
Je ne fais rien du tout.

SUITE DU MÊME.

Une des roses blanches se détache du bouquet et tombe. Je suis tenté de la ramasser et de l'offrir à la jeune fille pour voir si, elle aussi, saurait l'effeuiller des lèvres. Mon voisin m'a devancé : la fleur est dans ses doigts, il lève les yeux au ciel et la respire, puis il l'enfile dans sa boutonnière, en jetant sur la belle un regard plein d'amour.

Quelques rires étouffés partent de divers points de l'omnibus ; le conducteur, assis sur son petit banc de bois, nous montre, sans se déranger, sa face réjouie, et ne comprenant rien, il continue de regarder sur la route en sifflant le *Postillon de Lonjumeau*.

Le mari s'est retourné, sa femme baisse les yeux.

Il promène son regard du bouquet de roses blanches à la boutonnière de mon voisin, puis il hausse les épaules et se remet à voir filer les arbres.

Les arbres ont si bien filé que nous sommes à Neuilly; l'omnibus s'arrête.

La jeune fille et sa mère descendent.

— N'aurez-vous rien pour Paris ce soir, madame Rémond, demande le conducteur.

C'est le nom d'un des manufacturiers de Puteaux : la noblesse d'autrefois teint des indiennes aujourd'hui.

Les époux descendent, nouveau soupir du monsieur aux cheveux gris. Les voyageurs s'écoulent; monsieur le curé se dirige vers l'église; je me dirige vers un restaurant. Sur la route, je croise la dame au bouquet et son mari; ils causent.

— Tu as perdu bien des fleurs, ma bonne amie?

— Vous ne vous en apercevez que d'aujourd'hui?

— Méchante!... je parle de ton bouquet.

— Tout le monde m'en demande!

IV.

OU L'AUTEUR S'ABANDONNE A TOUT SON AMOUR POUR LA PHILOSOPHIE.

L'Omnibus et les émeutes.

OU L'AUTEUR S'ABANDONNE A TOUT SON AMOUR POUR LA PHILOSOPHIE.

Je fais apporter du champagne.

J'ai oublié de dire que le temps est redevenu beau ; les nuages se sont sauvés du côté de Saint-Cloud ; le soleil couchant les déchire pour nous dire adieu ; ses derniers rayons viennent dorer les sommets des saules et des peupliers qui forment, avec la Seine, une si riche ceinture au village de Neuilly. C'est beau comme la plus belle strophe de Victor Hugo.

Si je ne me trompe, le lecteur m'a accompagné dans l'omnibus : il a fait preuve de trop d'indulgence et de bonne volonté pour que je ne lui témoigne pas de la gratitude ; je l'invite donc à prendre place en face de moi, auprès de la petite table sur laquelle le potage fume déjà. C'est pour lui que j'ai demandé du champagne, je ne me permets cet *extra* qu'avec un ami.

A table donc, et bon appétit.

C'est vainement, cher lecteur, que je remonte à la plus haute antiquité pour y trouver des traces de la voiture-omnibus. Les Egyptiens, les Perses, les Grecs et les Romains eux-mêmes n'avaient d'autres moyens de transport que le dos de leurs éléphants, de leurs chameaux ou de leurs coursiers, ni d'autres banquettes de voyages que celles, fort peu rembourées de leurs chariots. — Cela ne les empêchait pas de marcher comme des géants, tout le monde le sait.

L'OMNIBUS ET LES ÉMEUTES.

—

Mais voici, cher lecteur, ce que tout le monde ne sait pas.

Je soutiens que nous, glorieux inventeurs de la voiture à six sous, n'avons à craindre — grâce à notre invention — ni invasion étrangère, ni décadence.

Quel progrès sur les Egyptiens, les Perses, les Grecs et les Romains!

Je m'explique.

L'omnibus, création essentiellement nationale, a pour but de donner à tout venant la faculté de se faire transporter d'un lieu à un autre, moyennant la faible rétribution de trente centimes. Le peuple, qui a compris toute l'excellence de cette institution, lui a voué des sympathies, qui se manifesten souvent d'une manière solennelle. L'ouvrier prend l'omnibus après sa journée de travail, pour rentrer dans sa famille ; il le prend aussi pour aller à la barrière les dimanches et lundis.

Le peuple aime donc l'omnibus.

Mais le peuple a plusieurs manières de se servir de l'omnibus : en temps de paix, il se fait traîner par lui, les jours d'émeute, il le traîne et le renverse.

La première barricade est toujours faite avec un omnibus. Ce fut sur un omnibus qu'on planta le premier drapeau rouge, la veille du 6 juin 1832. Autrefois, les conducteurs et les cochers n'abandonnaient pas sans difficultés leurs voitures, il leur arriva même d'administrer quelques coups de fouet aux pertubateurs : on leur répondit avec le canon d'un pistolet, cela les rendit plus honnêtes. Aujourd'hui, pour peu que l'air sente l'émeute à Paris, au moindre signe des révoltés, le conducteur descend de son marche-pied, les voyageurs se sauvent, et le cocher détèle ses chevaux. En quelques minutes, l'immense carcasse se trouve étendue entre deux trottoirs, les roues en l'air, p ète à recevoir les coups de sabres et les décharges de la garde municipale.

Vous voyez que l'omnibus ne manque pas d'une certaine influence sur le gouvernement.

Cela une fois admis, on serait étonné de voir avec quelle facilité le préfet de police autorise les entreprises d'omnibus si l'on ne connaissait pas les bonnes intentions de nos ministres.

Et puis, le procès-Gisquet ne nous a-t-il pas dit le dernier mot à ce sujet ?

Ce bon M. Gisquet !

Et maintenant, vienne l'étranger, nous pourrons opposer à ses bayonnettes une ceinture d'omnibus, derrière laquelle nous n'aurons plus rien à craindre.

Sainte Geneviève, patronne de Paris, trône au ciel sur un omnibus.

Ce que je viens de vous dire est plus grave que je ne croyais.

V.

DE NEUILLY A SAINT-CLOUD.
SILHOUETTES.

Promenade.—Suite du même.—Silhouettes.—Un Homonyme.

DE NEUILLY A SAINT-CLOUD.

Il est sept heures; encore un verre de champagne et partons. La promenade de Neuilly à Saint-Cloud est délicieuse, faisons-là à pied.

Quelle adorable description je pourrais vous faire ! — si je n'étais obligé de conserver toute ma verve pour mon roman: *Mademoiselle Espedera*, qui n'est pas encore achevé. — La Seine est si belle et si paisible! ses bords sont si frais et si parfumés! les saules et les ifs secouent si gracieusement leurs têtes! Comme l'on respire librement ici, sous ce ciel semé de petits nuages gris et roses, au milieu de ces brises que balancent les acacias, les chèvre-feuilles et les tilleuls !

Que pourrais-je vous dire? les fleurs me font penser aux femmes : je suis entouré de fleurs. Marchons doucement. La route est bien belle et bien unie, le sable murmure sous mes pieds, la rivière chuchotte tout près de moi, sur ses bords couverts de paquerettes et de petites fleurs bleues, dont je n'ai jamais su le nom, les oiseaux chantent *sous les tilleuls,* comme dans le beau livre d'Alphonse Karr, les wagons de Versailles hennissent là-haut, dans les vignes et les champs fleuris. Marchons doucement.

Je pense encore à la dame au bouquet blanc. Quel raffinement de coquetterie! son bouquet me fait penser à elle, je l'aurais oubliée sans son bouquet. Pourquoi effeuillait-elle ces fleurs? n'avait-elle pas une pensée cachée? Il y a une pensée dans la moindre action d'une femme. Je réfléchis quelque temps : je crois avoir trouvé une solution ; la voici :

Une femme laide a toujours quelque chose digne d'être vu, admiré. C'est une taille bien faite, une gorge voluptueuse, des cheveux longs et fins, des mains petites, effilées et blanches, un pied de Cendrillon ; c'est quelquefois aussi moins que cela : un tout petit point noir, par exemple, heureusement placé sur un bras blanc ou sur le cou, c'est un *signe.* Cette femme laide a cherché long-temps cette beauté, elle s'est vingt fois mise toute nue, ou à peu près, devant une glace, pour mieux voir ses épaules et sa gorge, pour mieux se connaître. Enfin, elle a trouvé ce qu'elle cherchait, ce *grain de beauté* qui la rapproche par un point, elle femme laide, de la beauté idéale. Dès ce moment, toute sa coquetterie se résume dans sa découverte, qu'à tout prix elle devra montrer pour attirer l'attention : c'est un voile qu'elle jette sur son visage, on ne le verra plus. Elle vous apparait alors décolletée comme une danseuse, vous la regardez, elle interroge vos regards, qui interrogent ce qu'une légère dentelle a l'air de vouloir cacher. La femme laide triomphe, elle rit dans sa laideur : *Il me voit belle !* — Elle est heureuse. — Quelquefois, plus réservée ou plus habile, la femme laide fait naître des incidents — fâcheux en apparence — pour nous découvrir certaines beautés trop secrètes. C'est un mouchoir qui tombe et qu'on ne peut relever sans laisser entre le satin et la poitrine un espace où l'œil devra plonger ; c'est une ondulation de robe qui met à nu une jambe ravissante ; un châle qui dessine des hanches rebondies ; le mouvement perpétuel d'une main mignonne qui veut toujours se montrer ; c'est enfin un manège, — futile, on pourrait le croire, — mais qui, en réalité, occupe tous les instants de la femme laide.

SUITE DU MÊME.

—

Ne serait-il pas logique de penser que la femme vraiment belle, forte de sa beauté et certaine de son influence, ne devra chercher que par ses charmes cette royauté exclusive qu'elle ambitionne? Ceci paraît logique; mais, je vous le demande, qu'est-ce que la logique chez les femmes?

Nous sommes dans un salon : dix belles femmes posent devant nous. Brunes ou blondes, toutes ont des tailles de reine et des mains de princesses, toutes sont séduisantes. Nous les admirons toutes, celle-ci un peu plus que celle-là, ces deux autres davantage encore.

Ce n'est pas là ce que veut la femme, l'admiration partagée ne suffit pas à son amour propre. Ce qui lui faut, à elle, c'est un trône unique dans le cœur de tous les hommes : la beauté seule ne saurait le lui donner.

Elle sait cela mieux que nous encore; et, croyez-le, ce serait, dans sa vie de femme, un malheur de tous les instants, si la coquetterie ne lui avait pas révélé les moyens de remplir cette lacune. La femme laide enlaidit tout ce qui l'entoure, la femme belle embellit tout ce qu'elle touche. Cette vérité une fois connue, le remède vient tout aussitôt, et sans efforts, se placer à côté du mal.

Regardez maintenant dans le salon. Les dix belles femmes sont à l'œuvre : l'une déploie avec l'agilité et la grâce d'une espagnole, son éventail de nacre et d'or; l'autre tourmente les perles de son bracelet; celle-ci agite les nœuds de diamans de sa chevelure; celle-là respire les parfums de son flacon ciselé; cette autre effeuille les fleurs de son bouquet d'oranger — ainsi jusqu'à la dernière ! —

De ces milles tactiques différentes entre elles, mais convergent vers un même but, naissent d'immenses résultats. Les femmes se sont nettement dessinées à vos yeux, vous êtes pris au piége : un éventail ou une fleur a fait plus que la beauté même. Vous aimez ; et le lendemain, vous dites à votre ami :

— As-tu remarqué hier à la soirée du comte

de… cette dame à l'éventail nacre et or? Quelle délicieuse segnora!

Et l'ami vous répond :

— As-tu remarqué, hier, à la soirée du comte de… cette dame aux fleurs d'oranger? Quelle ravissante personne!

Six mois après — quand vous avez parfaitement oublié les femmes — l'éventail et la fleur d'oranger dansent encore dans votre souvenir.

Je sens que je n'oublierai jamais le bouquet de roses blanches—je ne me rappelle déjà plus le visage de la dame qui les mangeait.

Il est vrai que je suis d'un naturel bien inconstant.

Voilà Saint-Cloud. Le temps est toujours beau. Je continue ma promenade jusqu'à Passy sans rien vous dire, pour vous laisser le loisir de penser un peu aux grandes vérités que je viens de proclamer.

— Quelle modestie!

—

SILHOUETTES.

—

Voici un spectacle étrange : Je me suis emparé du coin de l'omnibus, jai payé ma place, et, tout entier à mes observations, je regarde mes compagnons de route ; la voiture roule au petit trot.

Les lanternes de l'omnibus jettent sur les voyageurs des reflets verts et jaunes qui, s'attachant çà et là sur un visage, un chapeau, un profil, une cravate, une main, les dessinent vigoureusement dans la nuit. Ce sont des caprices bizarres et toujours en mouvement, c'est une page d'Hoffmann, une esquisse de Rembrand ou de Callot ; voici des chiens et des chauve-souris, des serpents et des loups, un rocher velu, un pont et des nuages. Les chiens, ce sont les rubans de cette femme ; les chauve-souris, les oreilles de ce monsieur ; les serpents, les doigts et le nez de celui-ci ; les loups, la casquette et la barbe de cet autre ; le rocher velu, le front de ce vieillard ; le pont, la pipe de ce gros garçon ; les nuages, le mouchoir de ma voisine.

Mais voici bien autre chose : l'omnibus vient de croiser un réverbère, et la silhouette entière du monstre, chevaux et cocher, voiture et voyageurs, conducteur et marche-pied, s'est accrochée aux aspérités d'une muraille blanche, et s'y reproduit comme dans un miroir. Tout prend des proportions colossales : les chevaux sont des éléphants, le cocher, une harpie ; son fouet, une potence ; l'omnibus, un vaisseau à trois ponts ; les voyageurs, quelque chose d'indéfinissable, qui se tortille horriblement, des Patagons qui s'entre dévorent ; le conducteur, un archevêque, et le marche-pied un pont-levis. Puis tout cela se dilate peu à peu, les roues s'écartent, s'étendent, les chevaux maigrissent et s'allongent à vue d'œil, les voyageurs chevauchent sur un énorme manche à balai dont le conducteur tient le gouvernail ; quelques secondes encore et nous allons avoir une lieue d'étendue... Nous sommes devenus lilliputiens, puis quelque chose de noir et d'informe, puis rien du tout : les rayons de la lanterne ne nous atteignent plus.

UN HOMONYME.

Le mouvement de la voiture est à peine sensible. Nous trottons dans le sable. Personne ne parle, tout le monde semble réfléchir. Seulement, de temps à autre, un petit murmure de bien être se fait entendre : deux de nos compagnons dorment profondément. Je vous ai dit que mon étoile m'avait gratifié d'une femme pour voisine. Je ne sais si cette femme est jeune ou vieille, laide ou jolie : nous sommes dans l'obscurité la plus complète. Quelque chose s'appuie doucement sur mon épaule, c'est la tête de cette dame : je laisse faire. Peut-être mon chapeau la gêne-t-il, je le place entre mes genoux et je réfléchis les mains croisées : — Quelle imprudence, madame, vous dormez et votre visage est tout près du mien ; je sens sur ma joue la chaleur de votre haleine ; le moindre choc de la voiture peut vous compromettre ; vos cheveux sont parfumés, ne craignez-vous pas de les mettre si près des miens? Oui, mais vous êtes laide, affreuse peut-être... quel supplice ! — Je fais un petit mouvement, on se réveille à demi et l'on dit à voix basse :

— Édouard, dors-tu ?

Est-il possible ? on a prononcé mon nom ! Je suis donc connu ici ? — J'écoute encore et ne reponds pas.

— Édouard, dors-tu, mon ami ?

Un grognement inintelligible répond à cette question. Cette dame n'est pas seule, j'ai un homonyme.

Mon homonyme ronfle à briser les carreaux.

Nous sommes à la barrière, l'omnibus s'est arrêté.

Deux hommes verts viennent musser dans la voiture en demandant :

— N'avez-vous rien de sujet aux droits ?

J'ai envie de leur dire que j'ai une bouteille de champagne dans l'abdomen.

Ces messieurs promènent leurs mains indiscrètes entre les jambes de tout le monde. Décidément je n'aime pas ces messieurs,

Après quelques légères contestations, l'omnibus

se remet en marche, le silence se rétablit; mais comme le sommeil est contagieux, tous mes compagnons recommencent bientôt à grand orchestre la mélodie à laquelle ils n'avaient fait que préluder.

Cette musique m'accompagne jusqu'à Paris. Je me fais déposer sur le boulevart; j'allume un cigare, et je flâne en pensant à l'excellent dîner que j'ai eu l'honneur de faire à Neuilly, en compagnie du lecteur.

Il ne me reste plus qu'à lui serrer affectueusement la main et à lui souhaiter une bonne nuit.

Au Champ des Rosiers, juin 1841.

FIN.

TABLE

DES CHAPITRES.

FIN DE LA TABLE.

www.ingramcontent.com/pod-product-compliance
Ingram Content Group UK Ltd.
Pitfield, Milton Keynes, MK11 3LW, UK
UKHW020154200726
13856UKWH00003B/997